句歌集 ゆずりは 紡がれる想い

金山勝紀
KANAYAMA Katsunori

文芸社

はしがき

若いころから少しずつ書きためていた川柳を本にできないかなと思い始めたのは今年（二〇二三年）の七月ごろでしたが、その時点では手作りのパンフレット程度でもいいと思っていました。

作品を整理していく中で、母が存命のころ短歌を作っていたことを思い出し、その母の短歌を加えて句歌集にすることにしました。

母の歌を古いノートから拾い出していくなかで、いかに自分が親不孝を続けていたかと思い知らされました。そんな私に対して、両親は恨みがましい気持ちを示したことは一度もなく、長い目で見守ってくれました。

惜しむらくは、せめて母の歌集を両親の存命中に世に出してあげられなかったことですが、この句歌集の上梓を泉下で喜んでくれたならば、私としてもこれにすぎる幸せはありません。

川柳

老いを笑い飛ばせ

往年の球児今では太鼓腹

一九九六年十一月　親睦団体Rクラブの例会で。

木瓜《ボケ》をさしじいじの花と孫が言う

二〇二一年三月　小学生と幼稚園児の孫が筆者をからかって。

もう歳は十分だけどまたもらう

二〇二二年一月　筆者が代表を務める介護事業会社の文芸部で発表。

頻尿のもとでもビールやめられず

今では二五〇㎖の缶をもっぱら愛飲しています。

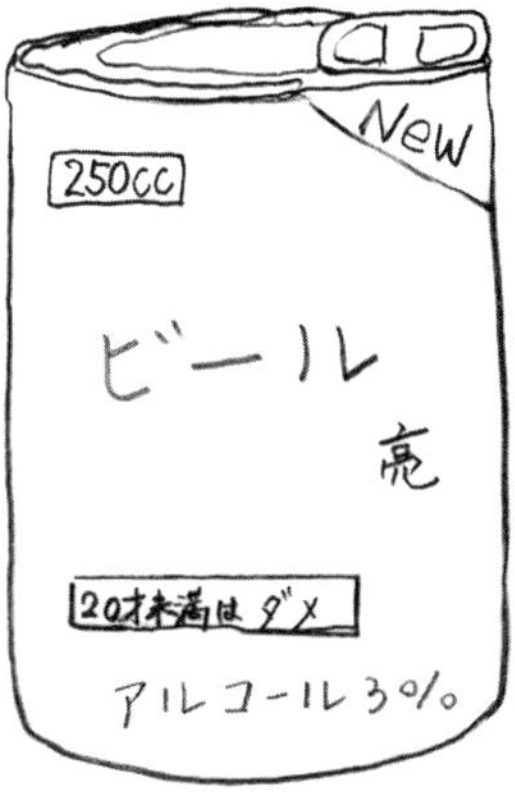

杖ではないステッキですと見栄を張る

足腰が弱ったため、往復一五〇〇歩を歩くのが精いっぱい。
転倒防止のためのステッキが欠かせない、だけど杖ではない！

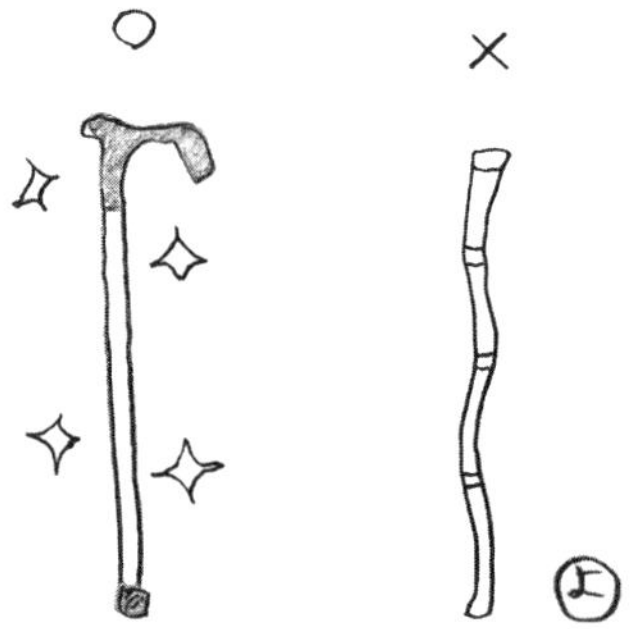

ステッキ

大抵はあれ・これ・それで用足りる

時には、あれそれでは分からないと妻をいらだたせることも……。

よっこらしょ受話器を取れば電話切れ

電話が鳴っていても足が痛いから素早く取りに行けない。取ったと思った瞬間切れてしまう。

あの世への片道切符まだ要らぬ

ほしいと思った時に買えるものならいいけど。

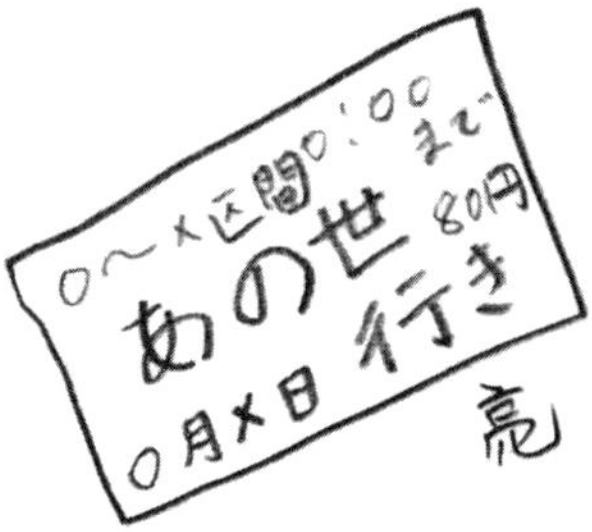

物知りさんチョットGPTって何のこと？

八〇代にもなると世の中についていくのもたいへん。

健診日三日前から酒を断つ

本当は三日も飲まずにはいられないけど……。

人前でちょっと気になる加齢臭

かなり体臭が強い方なので。

久しぶり男になった夢の中

この句を見て、ある親友が〝良かったね〟とコメントをくれた。

水分を摂れとは言うがあとがねぇ

一日に必要な水分量○リットルというが、後が怖いからとてもそんなに飲めない。

蝉しぐれいつも鳴ってる耳の中

蝉だったり、秋の虫だったり、すっかりすみついてしまっている。

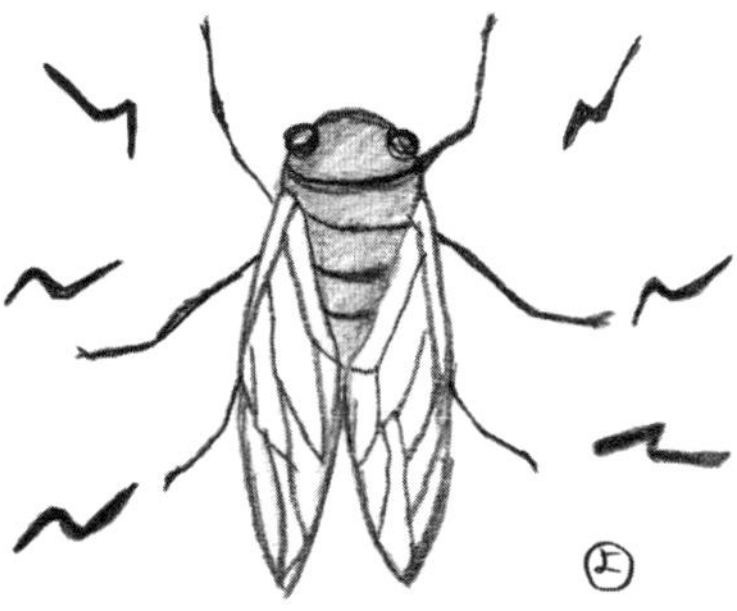

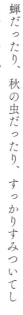

寝てるまに蛇口が勝手にあくらしい

男性のチョイもれ。
これが続いたらどうしようと落ち込んだが、幸い一回で済んだ。

歩いてて浮かんだ一句出てこない

いつもの喫茶店に飛び込んで、こんな句が出来ましたよと言ってみたものの、引き出しが締まって出てこない。

辞世の句ぼちぼち考えておかなくちゃ

かなり真剣に考えてみましたが……もしかしたらこの句集自体がそうなのかも。

前立腺やっかいな臓器持っている

筆者の場合は肥大があるので夜間頻尿に苦しんでいます。切除してしまった友人もいるけど、手術が怖くてまだ付き合っています。

永い旅近づく気配足腰に

足腰が立つうちに行きたいところへ行こう。

辞世の句出てこないまだ大丈夫

逆三段論法？

一歩ずつ彼岸への橋わたってる

と悟ったような口ぶりの反面、次の句のような煩悩も。

本棚の百寿の秘訣盗み読む

別に隠すことでもないのに何となくきまり悪い。

耳鳴りも蝉の声から虫の音に

スズムシやマツムシならいいけど、ガチャガチャ鳴く虫はいただけない。

なしてだらか平らなとこでけつまずく　（出雲弁川柳）

介護事業会社の文芸誌に発表。

※なしてだらか＝なぜだろうか　けつまずく＝つまずく

無理すぅときんより腰に又なあよ
（出雲弁川柳）

介護事業会社の文芸誌に発表。

※きんより腰＝ぎっくり腰

まあいいかシャツかいさめに着てるけど（出雲弁川柳）

介護事業会社の文芸誌に発表。

※かいさめ＝逆さま

まくれてもただでは起きぬ知恵をつけ　（出雲弁川柳）

介護事業会社の文芸誌に発表。

※まくれても＝転んでも

川柳

友を思いて

友は逝く桜吹雪に見送られ

二〇二三年四月　小中学校時代の同級生T子さんの葬儀に参列して。
桜が満開で花びらが風に舞っていた。

花だより届かぬうちに君は逝く

一九九七年三月　親睦団体Rクラブの例会で。早世したF会員を悼んで。

熊本の友が送ってくれた肥後狂句

これは面白くて参考になった。この友人はかなりのレベルの俳人。

早世の友頻繁に夢に出る

懐かしさのあまり話をしようとするができない。友達だけではない、両親や姉たちもよく出てくる。

その節はあの世へのナビ頼んだよ

ナビを頼めそうな早世の友人が何人かは浮かぶ。

川柳

故郷のうた

出雲弁「砂の器」で全国区

松本清張の「砂の器」は、出雲弁と東北弁がどちらもズーズー弁で、発音に共通点があるところが一つのポイントになっている。

ふるさとの闇に守られ蛍舞う

数年ぶりに、昔住んでいた上津という集落へ、ホタル見に行きました。

里帰りひぐらしの声聞きたくて

ひぐらし、ツクツクボウシ、ヨメオコシ、ホタルはやっぱりふるさとの上津に限る。

ちょんぼしという肴が一番まい　（出雲弁川柳）

介護事業会社の文芸誌に発表。

※ちょんぼし＝少し　まい＝おいしい

川柳　季節のうた

道端の青い宝石いぬふぐり

二〇二二年三月　毎日通る散歩道で。
いぬふぐりは正式にはオオイヌノフグリ。
年明けから春にかけて群れて咲く青く小さな花。

家々に咲くチューリップ誇らしげ

二〇二二年三月　介護事業会社の文芸誌に発表。

介護士が口ずさんでる早春賦

二〇二二年三月　介護事業会社の文芸誌に発表。

うぐいすの声に起こされ窓開ける

二〇二三年三月　筆者自宅で間近にうぐいすの声を聴いて。

ホトトギス声を限りに今を鳴く

二〇二〇年五月　ウォーキング中に。今しかないと言わんばかりの切羽詰まった鳴き声に惹かれる。

七夕や天の川にも赤い糸

一九九六年七月　親睦団体Rクラブの例会で。

花火よりゆかたのギャルに目が泳ぐ

一九九六年八月　親睦団体Rクラブの花火見物小旅行で。

タチアオイ梅雨明けちゃんと知っている

出雲地方では、タチアオイが上まで咲きあがったら梅雨が明けると言われている。

梅雨明けで布団あちこち日光浴

マンションやアパートでよく見かける風景。

潔《いさぎよ》い汗と涙の甲子園

高校球児の熱闘は、テレビ画面でも感動を禁じ得ない。

その気持ちわからぬでもない酔芙蓉

酔芙蓉は芙蓉の一種で、朝白く咲いた花が午後から色づきはじめ、
夕方には赤く染まる。
筆者も午後になればビールが欲しくなる。

文字どおりうなぎのぼりの土用の日

それでもマグロやサンマのご祝儀相場に比べれば安い方だ。

今日も無事行って帰れた喫茶店

ママさんに、もし熱中症で倒れたら救急車を呼んでとお願いしたけど……。

梅雨明けに待ってましたと大入道

秋になってみると真夏の入道雲が懐かしい。

連日のアラートが出る熱中症

筆者の若いころにはなかった新語。発令回数は過去最多だった。

避暑客で満席続く喫茶店

そういう日もありました。今から思うと懐かしい。

耳すますどこで上がるか遠花火

夏はしょっちゅうどこかで花火が……。

墓参りカナカナカナと澄んだ声

新盆（七月）では、ひぐらしのこの声を楽しみに墓参りする。

納涼碁負けた方ではカッカとし

負けても涼しい顔でいなきゃ納涼にはならないのだが……。

空の青猛暑でなきゃ好きな色

二〇二三年の夏はホントに猛暑だった。

ムラサ来てちょんぼし涼しくなったかな　（出雲弁川柳）

介護事業会社の文芸誌に発表。

※むらさ＝夕立ち　ちょんぼし＝少し

カネタタキ一心不乱に修行する

カネタタキは夏チンチンチンチンと鳴く虫。見習いの小僧さん？

立秋の夜の雨音ここちよく

母が夜雨を好きだったので、筆者も惹かれるところがある。

地の精が咲きだしたようヒガンバナ

毒々しいとみる向きもあるようですが、私には神秘的に見える。

師走風寒いふところなお冷やす

一九九六年十二月　親睦団体Rクラブの例会で。

サンタさんお正月にもまた来てね

一九九六年十二月　親睦団体Rクラブの例会で。

いい年になれよとカレンダーとり換える

一九九六年十二月　親睦団体Rクラブの例会で。

お年玉不意のお客で大あわて

二〇二二年一月　介護事業会社の文芸部で発表。

雪道をほのって歩くハイヒール　（出雲弁川柳）

介護事業会社の文芸誌に発表。

※ほのって＝やっと

川柳　時事問題

聞く耳は民の声には閉ざされて

「聞く耳を持っている」を売りにしてスタートしたはずなのに。

凶弾が闇とタブーをさらけ出す

あの事件が起こされるまでは、全てが闇の中、タブーだった。

オソロシヤ市民を殺しほくそ笑む

マーケットや学校、病院さえもターゲットにしてミサイル攻撃し、
平然とテレビに出ている。

プーチンは最後の手段核威嚇

あの狂気の指導者だから本当にやりかねない。そのシナリオも幾通りか練られているに違いない、と思うとぞっとする。

プーチンに骨を抜かれたプリゴジン

この時点ではプリゴジンは、骨抜きにされただけでまだ生きていた。

ヒマワリで応援をするウクライナ

ＪＡ主催でウクライナ支援のヒマワリ即売会があった。筆者夫婦がヒマワリの切り花を買うところがテレビに映った。

マイナカードひもはついてないよ俺のには

「ひも」は、健康保険等の機能のことらしいが、ふざけてみた。

オレオレで始まった詐欺もハイテク化

詐欺も国際化、ハイテク化しているのに驚かされる。

世の人は同じ手口になぜはまる

自分だけは引っかからないぞと思っていても……。

かば焼きを食べたいけれど手が出ない

スーパーの値札を見て出るのはため息、財布は出ない。

見かけよりはコチコチの人河野さん

健康保険証を廃止してマイナカード一本に固執して不人気に。

控えめに核抑止論G7

世論は核廃絶、G7首脳は核抑止論。広島が会場とあっては、核抑止論は控えめにならざるを得ない。

ノーマスク緩んだタガは締められない

筆者は五月八日以後はノーマスク派。

プーチンに謀られたのかプリゴジン

自家用ジェット機撃墜事件。限りなく謀略に近い。

プーチンを甘く見たのが命取り

仲間だと思っていたのに。ＫＧＢ上がりのこの男を甘く見過ぎていた。

川柳 思い出語り

小説家夢見たときもあったっけ

筆者の若き日のあこがれは、小説家、新聞記者、アルピニスト。

若い日のとがった自分顧みる

大学時代、恩師から「敵からも愛される人間になれ」と諭された。

自分史に消したい過去も二つ三つ

いや、よく考えてみたら五つ六つは思い浮かぶ。

断捨離がなかなかできぬわけがある

昔の写真、手紙類……迷った挙句に中断、遅々として進まない。

亡き母の短歌見つけた古ノート

私の川柳の後に母の短歌を披露します。

ひたむきに昭和を生きた母の歌

いつも父と二人、二人三脚で生きていた。

川柳　日々をうたう

夜明け前眠たげに鳴くヨメオコシ

一九九七年五月　親睦団体Rクラブの例会で。
暗いうちからヒーヒーと鳴く、最近その正体はトラツグミという鳥であることが分かった。

春なのにエリザベスカラーの猫哀れ

二〇一九年三月　愛猫ハナの不自由な様を哀れに思って。
エリザベスカラーは、猫の首にはめる器具。この句を詠んだ数日後、
その器具を外した。

腰を病む僕に介護士やさしけり

二〇二〇年四月　介護事業会社の文芸誌に発表。
偶然出会った葬儀会場で、腰が不自由な筆者を助けてくれた。

相撲より金星探す国技館

二〇二〇年五月　『溜まり席の妖精』と騒がれた美人をテレビ画面で探して。

明るかった介護士もまた腰を病む

二〇二一年四月　ヘルニアの悪化により退職を余儀なくされた介護士。底抜けの明るさ素直さが魅力だった。

われ無力人手不足に泣く職場

二〇二一年四月　この年は本当に人手不足に泣かされた。

腰を病みもうおしまいと若き友

二〇二二年三月　介護事業会社の文芸誌に発表。

遠くから夜汽車の響き春の宵

二〇二二年三月　自宅の風呂で。子供のころから夜汽車の走る音は好きだった。

期限切れ飲んで食べても生きている

胃と腸は丈夫。少々の期限切れでもへっちゃらです。

老い二人週一回のモーニング

毎週土曜日が筆者夫婦の、ここ何年か続いている外食の日。

老いてなお心の支え唯物論

安保闘争、マル経ゼミ、社研サークル。そこで学んだことは一生の宝となった。

ＡＩに恋文書かせる新人類

ＡＩがこうも幅を利かせてくると、つい皮肉を言ってみたくなる。

川柳の添削ＡＩに頼みたい

これ、半分は本心です。

ママさんの顔を見たさに縄のれん

ママさんと呼ぶのは飲み屋さんの他にも喫茶店、レストランなどの人三、四人か。

暑かろが碁キチは囲碁に熱中症

熱中症警戒アラートが出ていてもなんのその。

マイベッド大の字になる解放感

一〇〇パーセント自由になれるのはここだけ。

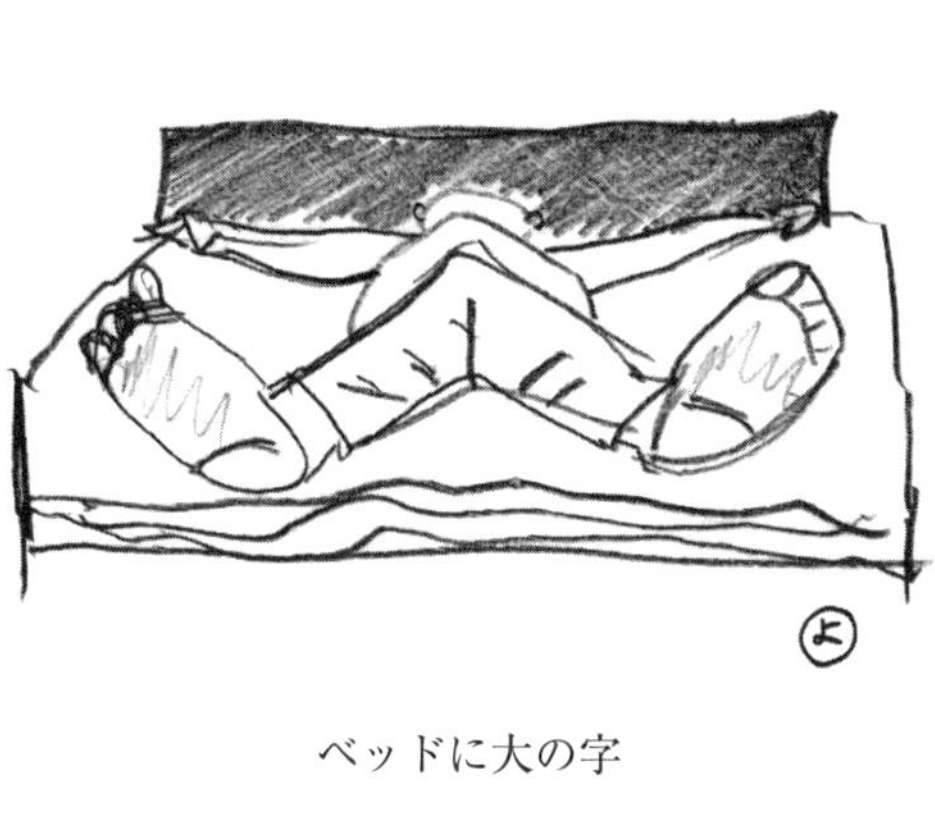

○印これが最後の同窓会

○印は、同窓会の出欠解答欄の○印。二〇二三年十一月に長崎へ行くことになっている。

郵便はがき

料金受取人払郵便

新宿局承認

2524

差出有効期間
2025年3月
31日まで
（切手不要）

160-8791

141

東京都新宿区新宿1－10－1

（株）文芸社

愛読者カード係 行

ふりがな お名前		明治 大正 昭和 平成	年生
ふりがな ご住所	□□□-□□□□		性別 男・女
お電話 番 号	（書籍ご注文の際に必要です）	ご職業	
E-mail			
ご購読雑誌（複数可）		ご購読新聞	新

最近読んでおもしろかった本や今後、とりあげてほしいテーマをお教えください。

ご自分の研究成果や経験、お考え等を出版してみたいというお気持ちはありますか。

ある　ない　内容・テーマ（　　　）

現在完成した作品をお持ちですか。

ある　ない　ジャンル・原稿量（　　　）

名				
買上 店	都道 府県	市区 郡	書店名	書店
			ご購入日	年　月　日

書をどこでお知りになりましたか?

1.書店店頭　2.知人にすすめられて　3.インターネット(サイト名　　　)

4.DMハガキ　5.広告、記事を見て(新聞、雑誌名　　　)

の質問に関連して、ご購入の決め手となったのは?

1.タイトル　2.著者　3.内容　4.カバーデザイン　5.帯

その他ご自由にお書きください。

(　　　)

書についてのご意見、ご感想をお聞かせください。

内容について

カバー、タイトル、帯について

弊社Webサイトからもご意見、ご感想をお寄せいただけます。

協力ありがとうございました。

お寄せいただいたご意見、ご感想は新聞広告等で匿名にて使わせていただくことがあります。

お客様の個人情報は、小社からの連絡のみに使用します。社外に提供することは一切ありません。

書籍のご注文は、お近くの書店または、ブックサービス(0120-29-9625)、セブンネットショッピング(http://7net.omni7.jp/)にお申し込み下さい。

美男子はイケメンに化け死語になり

この言葉がはやり始めたころは、イケメンってどんなお面だろうと思っていた。

サスペンス観ているうちに鍋こがす

犯人は誰？　とヤマ場に差し掛かってくるとテレビから目が離せない。

二日酔い迎え酒して三日酔い

巷間、二日酔いを覚ますには迎え酒をするといいと言うので……。

ポイ捨ての吸い殻数え歩いてる

当地にもポイ捨て禁止条例はあるけれど、まったく機能していない。
心無い喫煙者には困ったものである。

あちこちで介護の話題喫茶店

行きつけの喫茶店で、デイサービスやショートステイの話題をよく耳にするようになった。

今はまだ旅番組で我慢する

コロナ禍で自粛。その後、我慢できなくなって十月（二〇二三年）に東北旅行を予定している。

大谷が打った日の夜は別メニュー

野球王国アメリカで日本人選手がこれだけの活躍をするとは！

時代劇きまって観るのは水戸黄門

勧善懲悪と大団円、安心して見られる。それだけに奇妙な挿入音楽（BGM？）が残念。

囲碁に負けサービスしたと負け惜しみ

負けたときはいろんな言い訳が口をついて出る。

いろいろで緩みかけてる赤い糸

結んだものが緩むのは世の習い。結婚とは耐えることと割り切って
いれば、緩くはなってても切れることはないはず。

いろいろがあって夫婦は元のさや

よかったよかった、日本の離婚率は三五％だそうですから。

追伸で思わず本音漏らしてる

本文では、つい本音を書きそびれてしまって。

うちの猫近所付き合いいいらしい

うちの猫がよく遊びに行っているお宅の方
が褒めて下さって。

うちの猫出入りは自動ドアと思っている

猫が動くと飼い主がその後ろからついていくので、ドアの向こうに行きたいときは黙っていても開けてくれる。

小太りの影どこまでもついてくる

自分の影だから小太りなのは当然。夕方だったら少しはスマートに映るかな。

プロの碁にあるまじきポカ大逆転

何年に一度あるかどうかのプロの大ポカ。NHK杯テレビ囲碁トーナメントだから、大きな話題に。

白猫のハナと遊びに黒い猫

水やりが終わったとたん急な雨

降ると分かっていれば、水かけもしなくて済んだのに。

アレルギーの猫全身を掻きむしる

アレルギー性皮膚炎であちこち出血し痒がる。いろんな獣医さんに診てもらっても治らなくて……。

チャンネルをどこに変えてもコマーシャル

筋金入りのコマーシャル嫌い。折り込みチラシもゴミ箱へ直行といった有様なので、御商売の方にとっては不良客？

女郎蜘蛛なぜか応援したくなる

昔は家の周りに直径一メートルを超える大きな蜘蛛の巣をよく見かけたが、今は大きな蜘蛛の巣と言えば女郎蜘蛛。

サスペンス複雑すぎて追いつけず

どのサスペンスでもストーリーが複雑すぎて……。

尾行シーン尾けられていて気づかぬか

見ている人をヒヤヒヤさせるのも演出のうちかな？

手相では死んだはずの歳を生きている

若死にの相が出ていると言われたのに。

喫茶店コーヒーは二の次避暑に行く

いやぁ、今年の夏の暑さは厳しかった。

寅さんの喧嘩っ早さに辟易し

寅さんというよりは、山田洋次監督の演出に異議あり。

夏休み孫には孫の世界あり

学習塾、部活、友達付き合いｅｔｃ、なかなか祖父母につきあってくれない。

気まぐれに付き合いくれる孫を待つ

この歳になると孫との付き合いもこっちのペースは通じない。

行った日に限って休んでるレストラン

最近は休業日を確かめてから行くようにしています。

僕にだけ一品多い喫茶店

その代わり、当方も山菜などを持っていくけれど……。

親睦といいつつ殺し合う囲碁仲間

低段者の碁は殺し合いが多く、数える碁にはなりにくい。

趣味は碁というにはちょいと段足りず

せめて五段くらいは欲しいものですね。

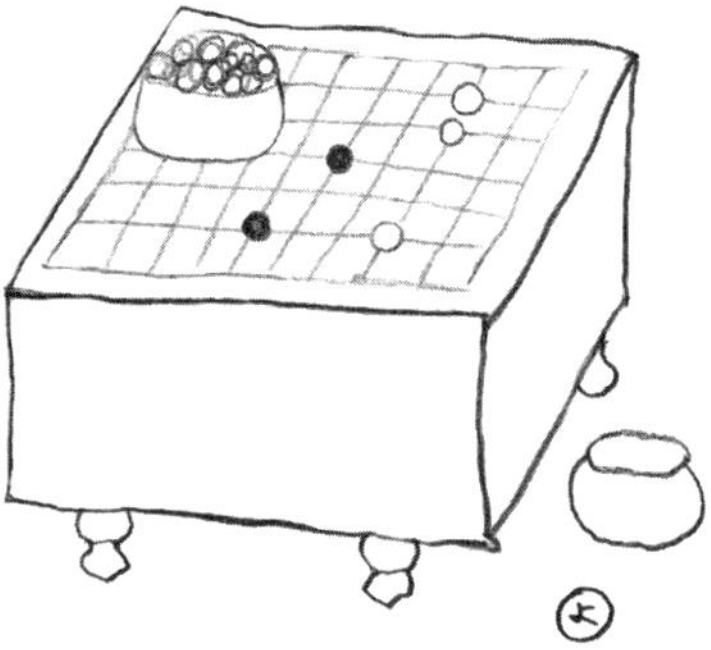

企業戦士定年からは夢を追う

ある人は趣味、ある人はボランティア、またある人は世界旅行。

超美人出会ったけれど夢だった

願望が夢に出る？

ここだけの内緒話が一回り

伝言ゲームみたいに変化していって。

やめておく大幅値引きのコマーシャル

昔から〝安物買いの銭失い〟というので……。

三千万で地位と名誉を棒に振り

某大臣。六千万円（七千万円）に増えたんですかね？

孫ロスでケンカが増える老夫婦

子よりも孫が可愛いとよく言うけど……。

孫が去りマトリョーシカ一つ残ってる

昨日まではマトリョーシカで遊んでいたのに。

孫むすめ生意気盛りは口で勝つ

小三の娘だけど、まともにわたりあうと次の句のようなことに……。

口達者八十三歳をやり込める

向こうは小六の男の子と小三の女の子二人のタッグだからかなわない。

新調のリュックが待ってる一人旅

十月の東北旅行（二〇二三年）に備えて早めの準備。今となっては失敗だらけの旅だったけど楽しかった。

忘れ物正の字を書くカレンダー

戒めの為に。一日で正まで行く日はないが、丁の字や下の字が並ぶ。

社長を叱る社員がいて社は安泰

イエスマンはそばに置かない。社長を叱るくらいの元気が欲しい。

雲間からスーパームーンが顔を出す

見ましたよ！　今年（二〇二三年）は八月三十一日だった。

風の盆行きたい場所に追加する

富山県八尾町おわら風の盆。テレビで見て無性に行きたくなった。

ええにょうば面影残る八十路でも　（出雲弁川柳）

介護事業会社の文芸誌に発表。

※ええにょうば＝美女

はしまにはいつも決まっておもしいも　（出雲弁川柳）

介護事業会社の文芸誌に発表。

※はしま＝間食　おもしいも＝ふかし芋

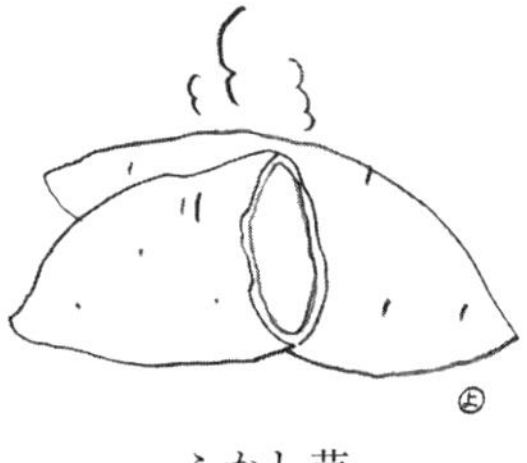

ふかし芋

寝入りばな本がぼろける顔の上

（出雲弁川柳）

介護事業会社の文芸誌に発表。

※ぼろける＝落ちる

幽霊に化けて孫らを追いちゃげる　（出雲弁川柳）

介護事業会社の文芸誌に発表。

※追いちゃげる＝追いかける

けんべきの熱をコロナと間違われ

（出雲弁川柳）

介護事業会社の文芸誌に発表。

※けんべき＝極度の疲れ

だらじムコ昔ばなしのエースです　（出雲弁川柳）

介護事業会社の文芸誌に発表。

※だらじムコ＝頭の足りない婿

酔いたくじ自慢ばなしで夜が白む

（出雲弁川柳）

介護事業会社の文芸誌に発表。

※酔いたくじ＝酔っ払い

ラーメンをわけこして食べる老夫婦
（出雲弁川柳）

介護事業会社の文芸誌に発表。

※わけこ＝分け合うこと

亡母が遺した短歌

（全作品は四百首だが、その中から五十二首を収録）

出稼ぎの　夫の勤むる
美作の津山の奥に　夕たどり来ぬ

疑ひをいくらか持ちて
夫の働く　押渕といふ山里に来ぬ

朝まだき　庭に立ちゐて
嫁おこしの　啼く声きけば　春近しと思ふ

今日となる　大根出荷に
人手なく　朝の月さす畠に出で来し

遠く住み　転職したる吾子の声
今宵電話に　はづみて聞こゆ

札幌より　長崎より明日は　吾が子が
孫つれて帰ると思へば　吾寝ね難し

日の落ちて　未だ明るき西空に
白く輝く飛行雲見つ

あと幾夜　聞かるるズクの声ならむ
夏の終わりの雨のはららぐ

遠く住み　便り少なき吾子思ふ
便り来し今日　老は涙す

にはとりの　悲鳴を聞きてとび行けば
藪に音して狸逃げゆく

かすかなる半月ありて暗き道
草取り終へて吾家に急ぐ

二日前　語りし友の　みまかりて
吾はさびしく　庭落葉はく

足癒ゆれば　両手に痛み覚えたり
老い行くことを吾は寂しむ

吾が家をめぐりて鳴きしひぐらしの
鳴かずなりたり　秋立つ今朝は

久々に会ひたる友の　背の曲がり
昔をかたり　時を忘れぬ

お祭りに天狗の面をかぶる人
ストローにて酒を　飲みて行きたり

お祭りに　ふざけて歩く茶たてばば
溝に落ち込みどろんことなれり

薄暗き杉の小道を　登り来れば
仁王門あり　古びて立てり

子ら寄りて　祝ひてくれし金婚の
年は終りぬ　思ひ出多く

正月に帰りて去にし孫二人
今宵電話に　いとけなき声

子も孫も　かへり行きたるこの朝は
夫と静けく茶漬けを食めり

おいゆきて孤独に耐へむ日もあらん
ちぎり絵習ふと服を着替ふ

八反の田と畠二反作るさへ
吾には過ぎて夫といさかふ

子供らの　帰りしあとの老夫が
吾に冷たく当たるはさびし

夫なくて　子供育てるわが娘
うしろ姿を　あはれと思ふ

仲秋の名月見むと　庭に佇つ
近き山より　ふくろふの声

仲秋の月を見むとて　庭に出で
薄雲かかる名月観たり

出雲の子に　早くなりたしと　言ふ子らを
なだめて親は車に乗せぬ

隣の老　今朝のまだきに吾が庭に
ゲートボールの　稽古しに来る

遷宮の　委員長なる夫は
言葉少なにモーニング着る

今日もまた　夫と争ふことありぬ
七十となるも　変はらぬわが性

襲はれて　一羽となりし　にはとりを
又もや狸　今朝おそひ来ぬ

日当たりに　桶を並べて大根を
漬けゐる夫は　誇らしく見ゆ

父なき孫　母を助けむと
定時制高校を受く　意志強き子なれば

畑より帰る夕べの　西空に
利鎌の如き　月の出でたり

何ごとも　嫁に任せて　吾と夫
北海道旅行の　計画たてぬ

機嫌よく　笑ひて帰る一中の孫
書初めに金賞を受けたりといふ

石楠花を　見に来る人ら　日毎あり
夫の農にも　余裕のありて

ひともとの　石楠花の蕾七十を
付けしと夫は　よろこびまろぶ

いつまでの　命ならむと　病みてより
夫は折々　吾に言ふなり

すでにして　平成の世に　なりたりと
夜更け目覚めて　雨の音きく

ホームステイに　米国より来し学生が
夏の我が家に別れを惜しみぬ

亡き母に　似て七十七の　吾いたく
腰の曲がりしと　人の言ひたり

働きて　ただ働きて　老いし夫
病む腰を　医者は治らぬと言ふ

長しとも　短しとも思ふ　ダイヤ婚
尚ともに健やかにありたし

半世紀経て今日会はむ　戦友を
語りて夫は　胸張りて出ず

年若く　嫁ぎ来し吾　父母祖父母
曾祖母に仕へて　年老いぬ

吹雪く日は気付かざりしが　庭先の
紅梅は早や　ほころびてゐつ

お日待ちに　女神主来たまひて
五合の酒を飲みていきたり

くちなしの白き花咲く庭すみの
池の辺になく　もりあをがへる

台風の　去りたるあとの暗き夜
夏の終はりの　雨のはららぐ

長者原の　上に建てたる兄の家
訪えばただ涙ふく八十二の翁

作者略歴

金山トヨ子

大正二年、島根県簸川郡上津村（現在の出雲市上島町）曽田家に生まれる。
昭和七年金山家に入嫁。金山芳衛との間に長男勝紀のほか一男三女を授かる。
昭和四十年ごろ、短歌誌「林泉」の同人となり毎月投稿。
平成六年一月満八十歳で死去。

あとがき

半年前にはこんな本を出そうなどとは夢にも思っていませんでした。川柳は三十年ほど前から作ったりやめたりを繰り返していましたが、どうしたわけか今年の春から夏にかけて急にスピードアップし、気が付いてみると三〇〇句を超える数になりました。まだまだ粗削りでほとんどが駄作でしたが、九月の初めごろに文芸社様との接点ができ、企画部の岩田様に私と母の作品を見ていただいたところ、私の作品を絞り込んだうえで母の短歌を加えて、母子の句歌集にしようという提案を頂きました。私にとっては願ってもないご提案でした。

また編集部の宮田様には不慣れな私を細部にわたってご指導いただき、満足のいく作品集に仕上げていただきましたこと、感謝申し上げます

岩田様、宮田様の他にも、出雲川柳会の代表をお務めになっている柳楽たえこ様の懇切なご指導をいただいたこと、金山事務所の職員さんと私の孫が挿絵を描いてくれたことにも、感謝の意を表したいと思います。

著者プロフィール

金山 勝紀（かなやま かつのり）

昭和十五年八月生まれ
同三十四年出雲高校卒業　同三十八年長崎大学経済学部卒業
同五十五年税理士登録　同五十九年出雲市で税理士事務所開設
平成二十七年十一月株式会社ピュアライフ島根社長に就任
令和五年九月出雲川柳会会員

協力
挿絵　錦織陽子　金山亮花（小五）

句歌集　ゆずりは 紡がれる想い

2024年４月15日　初版第１刷発行

著　者　金山 勝紀
発行者　瓜谷 綱延
発行所　株式会社文芸社
〒160-0022　東京都新宿区新宿1－10－1
電話　03-5369-3060（代表）
03-5369-2299（販売）

印刷所　図書印刷株式会社

ISBN978-4-286-25241-4